MARCIANO GARCÍA & COSMOCHUCHO

Los deliciosos humanitos calientes con mostaza

Paseo de San Juan Bosco, 62
08017 Barcelona
www.edebe.com

Dirección: Reina Duarte
Edición: Elena Valencia
Diseño: MBC

Primera edición, septiembre 2011

ISBN 978-84-236-9993-3
Depósito Legal: B. 15006-2011
Impreso en España
Printed in Spain

MARCIANO GARCÍA & COSMOCHUCHO

Los deliciosos humanitos calientes con mostaza

Gabriel García de Oro
Purificación Hernández

edebé

4. Capítulo cuatro

Es muy posible que ahora te estés haciendo estas **PREGUNTAS**: «¿Dónde están los tres capítulos que faltan? ¿Qué está pasando aquí?». Incluso alguien, que espero que no seas tú, piense: «¡Qué vago este Gabriel! Si sigue así, llega al final en cuatro páginas».

¡NOOOOOOOO!

No es eso.

Simplemente es que en los tres primeros capítulos pasa **POQUITA COSA,** y no quiero que nos distraigamos de lo que va a ser una COSMOAVENTURA

GIGANTE.

COMPLETA,

XXL TOTAL.

¡Absolutamente INTRAFANTE[tachín]!

Pero bueno..., si eres de ésos a los que les da **RABIA** dejarse algo en el plato, si te gusta rebañar hasta la última gota de salsa, si te quedas en la sala de cine hasta que aparece la última línea de los títulos de crédito..., si eres de **ÉSOS**, entra en www.cosmochucho.com y podrás descargarte un PDF titulado *«Tres capítulos en los que apenas pasa nada»*. Así demostraré a toda la galaxia que he hecho los deberes ;-).

De todas formas, TRANQUILO, si no entras, te lo resumo en pocas líneas...

tachín ¡Qué bien va esta palabra! Haz tú mismo la prueba. Yo te la dejo para que la utilices cuando quieras, aunque ya sabes que también puedes inventarte la tuya.

LAS POQUITAS COSAS QUE SUCEDIERON DESPUÉS DE LA PRIMERA AVENTURA DE MARCIANO GARCÍA Y COSMOCHUCHO:

1. Los padres de Marciano seguían creyendo que tenían una mascota llamada Cosmochucho y lo trataban como uno más de la familia.

No se sorprendían por nada:

* Ni por las manchas que cambiaban de color y de lugar en su lomo.
* Ni por que Cosmochucho sólo comiera **chucherías.**
* Ni por que su mascota hiciera unos ruidos muy extraños.

* Tampoco se sorprendían, y eso tal vez es lo más **SORPRENDENTE**, de que en un rincón de la nevera hubiera dos *Tupperwares* vacíos con unas etiquetas que decían:

«¡Atención!
No comer a papá»
y «¡Atención! No
comer a mamá».

2. Marciano aprendía muchas cosas en el GOOGLE GALAXY y se lo pasaba en grande con Cosmochucho. Hacían muchas cosas juntos. ¡Genial!

3. En el colegio, todo tranquilo. Cosmochucho iba a clase colgado a la espalda de Marciano, como una auténtica COSMOCHILA. Nadie sospechaba nada y nadie, ni siquiera el profesor Dulce, recordaba la que se había montado con las chucherías. Y, claro, no nos olvidemos de la Directora. Ella tan normal y tan feliz, como si nunca un **REY alienígena** la hubiera congelado y suplantado. Tampoco sospechó nada la señorita Pilar. Aunque, a decir verdad, ella siempre había creído que **su jefa era una marciana...** Pero ¿quién no ha pensado eso alguna vez de sus jefes, profes o compañeros :-)?

En fin, pues eso, todo tranquilo.

Tal vez, lo menos tranquilo era que Marciano García sabía que tarde o temprano los *usianos* vendrían para darle el premio que había ganado. Ya sabes, el viaje con todos los gastos pagados al **PLANETA U.** Eso le ponía un poco NERVIOSO.

¿En qué tipo de nave espacial viajaría?

¿Le iban a convertir en masa de croqueta espacial?

¿Le gustaría la comida de aquel planeta?

¿Habría piscina en el hotel?

Bueno, las típicas preguntas que uno se hace cuando tiene que viajar a otro planeta.

Pero ahora, llegados a este punto, lo importante es que casi estamos **LISTOS PARA EMPEZAR.** Sólo queda una cosa. Seguro que te suena. ¿Tienes un lápiz a mano? ¿No te has acordado de coger uno? Me espero, no pasa nada.

...

...

¿Ya?

Pues es importante que apuntes AQUÍ el día y la hora:

9:30
Viernes 4 de Mayo de 2012

¡Bien! Siempre vas a recordar el día y la hora exacta, exacta, exacta, el momento justo en el que empezaste a leer una aventura fantásticamente verdadera, llena de peligros peligrosísimos y amenazadoras amenazas para toda la humanidad. Sí, lo has adivinado. No te has equivocado de libro. Estás aquí, en éste, justo delante de...

MARCIANO GARCÍA & COSMOCHUCHO

Y...

¡LOS DELICIOSOS HUMANITOS CALIENTES CON MOSTAZA!

5. Tormenta de chucherías

¡Pum! ¡Pum! ¡Pum!
¡Catacric! ¡Catacroc!
BrrrrrrrrrrrrrrBrrrrrrrrrrrBrrrrrrrrrr.
Brrrrrrrrrrr...
Clinc, reclinc y reclonc.
Y pum y más pum...

Un pequeño silencio (________) y vuelta a empezar.

¡Pum! ¡Pum! ¡Pum!
¡Catacric! ¡Catacroc!
BrrrrrrrrBrrrrrrrrBrrrrrrrrrrrr.
Brrrrrrrrrrr...

Clinc, reclinc y reclonc.
Y pum y más pum...

Y así una y otra vez, una y otra vez. Por más que Marciano García intentó taparse la cabeza con el cojín o ponerse los auriculares del iPod para usarlos como tapones de cera, el ruido era **INSOPORTABLE. ATRONADOR.** DESQUICIANTE. No quedaba otra. No había manera de dormir.

Encendió la luz. ¡Eran **LAS SIETE DE LA MAÑANA!** ¿Quién estaba haciendo obras a las siete de la mañana de UN SÁBADO? ¡Por favor! ¡Qué vecino era tan inconsciente! ¡Quién podía pensar tan poco en el descanso de los demás!

¿¡¡¡QUIÉEEEEEEEEEN!!!?

Después de desesperarse un rato más, Marciano decidió que daba igual. Era imposible luchar. Punto final. Era mejor rendirse. A los vecinos no hay quien los entienda, aunque, a decir verdad, a Cosmochucho tampoco. Y es que allí estaba el PERRO INTERESPACIAL, tan tranquilo, hecho un ovillo a los pies de la cama, roncando profundamente y, de vez en cuando, moviendo la cola y también la cabeza.

Marciano se hizo algunas preguntas del tipo: ¿qué estará soñando?, ¿por qué él puede dormir y yo no?, ¿qué pasaría si le gasto una pequeña broma?

¡Una pequeña broma! Ésa sí que sería una buena manera de arreglar el día que había empezado tan mal.

Corrió la cortina, subió la persiana y...

—**¡CHUCHERÍAS!** ¡Están lloviendo chucherías! ¡Qué fuerte! Nunca había visto caer chucherías tan grandes del cielo. ¡Si hasta las nubes son rosas!

Marciano tuvo que gritar bastante para que su broma estuviera por encima del ruido de las obras de los vecinos. Lo consiguió. Y es que era como si Cosmochucho tuviera un filtro-detector-galáctico que le ponía en alerta cada vez que alguien decía la palabra **CHUCHERÍA.**

En esta ocasión no fue diferente. De un salto se puso a cuatro patas y miró a Marciano con los ojos hiperabiertos y sacando tanto la lengua como si fuera a fregar el suelo a lametazos. Marciano señaló hacia la ventana y siguió alargando su broma.

—¡Llueven chucherías! Mira, allí, allí, allí... ¿No las ves? En el cielo se han formado nubes rosas que llueven chucherías. Es una auténtica lluvia... Qué digo lluvia... ¡Una auténtica **tormenta** de chucherías!

Cosmochucho se puso a mirar por la ventana, pero no pudo ver las chucherías, así que volvió a

girarse temblando de nervios y emoción para ver exactamente hacia dónde apuntaba el dedo de su amigo terrícola y buscar las chucherías prometidas. Esto se repitió tres o cuatro veces.

Mirar, buscar. Mirar, buscar. Mirar, buscar. Mirar, buscar.

Pero a la quinta ocasión Marciano ya no se pudo aguantar más y empezó a reír:

—**JA, JA, JA...** ¡Has picado, has picado! ¡Qué tonto! ¡Perro tonto! ¿Cómo van a llover chucherías del cielo? Ja, ja, ja...

Cosmochucho se puso muy serio y miró muy fijamente a los ojos de Marciano, que puso una sonrisa bobalicona antes de decir:

—**JOOOOOOOOO,** vamos, no te piques. Era una BROMA. ¡Qué poco sentido del humor tienen los perros del espacio! A mí me ha parecido gracioso.

Cosmochucho entrecerró los ojos, apretó la boca, puso algo parecido a los morros que todos ponemos cuando nos enfadamos con nuestros padres y se fue de la habitación andando muy erguido.

Sí, se había **ENFADADO BASTANTE,** por no decir **mucho.** Marciano lo entendió, y sí, le supo un poquito mal, aunque peor le supo saber que Cosmochucho, tarde o temprano, se iba a vengar, aunque para eso será mejor pasar de capítulo.

6. ¿La venganza de Cosmochucho?

Los padres de Marciano García estaban de muy MAL HUMOR y no paraban de QUEJARSE.

—¡YA ESTÁ BIEN! Esto sí que es no tener ninguna consideración —refunfuñaba la madre muy enfadada—. ¡Tendríamos que llamar a la policía!

—No te oigo, **¿QUÉ DICES?** —contestaba el padre con la cara tan arrugada como Cosmochucho y un tono bastante desagradable.

De tanto en tanto, los **GOLPETAZOS** de las obras eran tan fuertes que no se oía ni se entendía nada. Lo que Marciano sí entendía era que todos en esa casa, fueran a dos o a cuatro patas, estaban de muy, pero que de muy mal humor. **Él no.** La broma que le había gastado a Cosmochucho le había, digamos, levantado el ánimo. De todas maneras, sabía que tenía que ir con cuidado. Era de esos momentos en los que uno puede ganarse una bronca por una tontería. Sin tener culpa de nada. Tú ya me entiendes, **¿verdad?** Tenía que salir de casa y tenía la excusa perfecta:

—Voy a pasear al perrito. Vosotros podéis acabar de desayunar tranquilos. Ya me ocupo yo —dijo poniendo aquella cara que él pensaba que era de chico encantador.

—Muy bien. No te alejes del parque y ten cuidado —contestó la madre.

¡Sí! ¡Sí! ¡Sí!

¡Qué listo había sido!

¡QUÉ GRAN ESTRATEGIA!

¡QUÉ SUPERPLÁN!

Si iba a pasear al «perrito», podría desaparecer un rato, esperar a que sus padres se calmaran y, además, hacer las paces con Cosmochucho.

—Vamos, Cosmo, vamos. Te llevo a la calle —canturreó mostrando la correa y viéndole andar SOBRE SUS UÑITAS y con la cabeza muy levantada y sin mirarle, como diciendo en gestos perrunos: «Me da igual que ahora me bajes a la calle, sigo enfadado contigo, que no se te **OLVIDE».**

No les hacía falta hablar el mismo idioma. Se entendían perfectamente así y Marciano sabía que no iba a ser sencillo que se le pasara el ENFADO a Cosmochucho. De todos modos, salir a pasear era un buen principio. Un principio que... al principio fue bien ;-).

Pasear. Hacer **PÍPÍ** por las esquinas y todas esas cosas. Fue tan bien que Marciano se olvidó de que Cosmochucho tenía una cuenta pendiente con él. Y es que a veces la memoria hace lo que quiere con nosotros.

Voy a ponerte una **pequeña prueba** para demostrarlo:

La prueba es muy fácil.
Una simple pregunta de algo que has leído en el primer libro de

Marciano García & Cosmochucho.

Me apuesto lo que quieras a que no te acuerdas.

¿QUIERES INTENTARLO?

Vamos allá:

Escribe aquí el nombre completo del planeta U:

____

Y ahora dime... sin trampas ;-)

¿Cuántas letras has sido capaz de acertar?

A. Todas.
B. Más de veinte.
C. Más de diez.
D. Sólo la U.

Si tuviera que jugarme mi Play, diría que acabas de marcar la D.

¿Me equivoco? Creo que no.

(^__^)

¿Lo ves? Lo acabas de comprobar. A veces la memoria se olvida. Te pasa a ti, me pasa a mí y le pasó a Marciano, que se olvidó de que Cosmochucho acabaría por vengarse. Por eso el tirón de la correa le pilló por sorpresa. Sólo pudo decir:

—Para, para..., no nos podemos alejar. Estate quieto. Esto no tiene gracia.

NI CASO.

Cosmochucho sólo ladraba y ladraba mientras las manchas de su lomo parpadeaban frenéticas cambiando de forma, lugar y color, haciendo un ruidito algo así como:

PiriPirrrring, muec, muec,
PiriPirrrring:-D

:-D No hace falta que te aprendas exactamente el sonido de las manchas de Cosmochucho. Vaya, si quieres sí, no hay problema. Lo que quiero decir es que no habrá más preguntas sorpresa. Bueno, como mínimo por ahora. Porque si te lo asegurara, tampoco sería sorpresa... En fin, tú ya me entiendes.

—¡Me vas a romper el brazo! **PÁAAAAARATE.** Mamá nos ha dicho que no podíamos alejarnos del parque. **¡Paaaaaaraaaaaaa!** Nos van a castigar sin chucherías...

Ni así. No había manera. Cosmochucho sólo tiraba y tiraba de Marciano, que era como si estuviera haciendo esquí acuático encima de la acera tirado por una lancha de cuatro patas con forma de perro. Podría haber sido divertido, pero no lo fue. Marciano nunca había visto así a Cosmochucho. Más que cósmico, parecía un perro **DIABÓLICO.**

Por suerte, al final, frenó.

En seco.

PUM.

Marciano García acabó volando, haciendo una parábola perfecta por encima de Cosmochucho y aterrizando en el suelo.

UFFFF...

Menuda torta.

—¡Eres idiota!

Normalmente, ni Marciano insultaba a Cosmochucho ni Cosmochucho insul-

taba a Marciano, pero ahora estaba enfadado de verdad.

—¿QUÉ TE PASA? Lo mío era una broma divertida. ¡Tú me has hecho daño! ¿Ni me miras?

Cierto.

Cosmochucho se había quedado inmóvil y con la mirada fija en algo que estaba en la acera de enfrente.

Marciano, por CURIOSIDAD, también miró en esa dirección y entonces, cuando vio **AQUELLO,** se le pasó el enfado...

7. MonsterBurger

—¡GUAAAAAAAAAAAAAAU! ¡Esto es increíble! —dijo Marciano totalmente alucinado.

—Guau, guau, guau, guau —contestó frenéticamente Cosmochucho, que seguía con su lomo encendido.

—No ladres tanto. **¿Qué te ocurre?** ¿Aún estás enfadado por lo de esta mañana? Ha sido una broma. Olvídalo. Tú mira esta... ¡obra de arte! ¿Cómo no lo habíamos visto antes? ¿Cuándo han hecho... **ESTO?**

«Esto». «Aquello». «Obra de arte». Y tú pensando... «¿pero de qué están hablando?». Te lo cuento en la siguiente línea:

¡UNA HAMBURGUESERÍA!

Pero no una normal y corriente. ¡No, qué va! Era una hamburguesería enorme que ocupaba todo un edificio de tres plantas y que se llamaba:

MONSTERBURGER

La fachada estaba decorada con monstruos IN-TRAFANTEMENTE chulos de todo tipo, color y tamaño que se zampaban unas hamburguesas altísimas y deliciosas, acompañadas por unas patatas fritas tan **largas** que parecían trenes amarillos. El edificio estaba coronado por una gigantesca bola del mundo que simulaba ser una hamburguesa planetaria, pero que en lugar de pan de centeno tenía los dos hemisferios de la Tierra. No sé si me he explicado muy bien. Será mejor verlo. No te lo puedes perder... **AHÍ VA.**

MONSTER BURGER
MONSTER BURGER

Genial, ¿no? Pues si a esto le sumas el cartel que anunciaba **INAUGURACIÓN HOY AL MEDIODÍA**, el resultado está claro:

—Cosmochucho, Cosmochucho, Cosmochucho..., **amiiiiiiigo mio...**, ya tengo un objetivo en esta vida... Ya sé lo que quiero ser de mayor..., cuando sea exactamente tres horas mayor que ahora: ¡tengo que convencer a mis padres! ¡No nos podemos perder esta inauguración!

Marciano estaba absolutamente histérico, emocionado, nervioso, ansioso...

Y Cosmochucho, ni caso. El **PERRO INTERGALÁCTICO** seguía, dale que te pego, con su enfado: la cara arrugada, los dientes fuera, las manchas del lomo encendidas. Marciano pasó de él. Tenía cosas más importantes que pensar: ¿cómo iba a convencer a sus padres de que le llevaran a la inauguración del **MONSTER BURGER**?

Tenía todo el camino de vuelta para encontrar la solución. No era fácil. Por culpa de las obras de los vecinos sus padres estaban de **MUY, MUY MAL HUMOR.** ¿Qué hacer? Marciano repasó todas sus estrategias:

5 ESTRATEGIAS
PARA CONVENCER A TUS PADRES DE QUE TE DEJEN HACER ALGO

1. PORTARTE MUY, PERO QUE MUY BIEN durante dos o tres días: hacer la cama, ordenar la habitación, ayudar a poner y quitar la mesa, no protestar por nada...

Esta estrategia es cansada y un poco rollo, pero si la cosa vale la pena, hay que hacerla.

2. PEDIR PERMISO A TU PADRE antes que a tu madre.

Aquí, el truco está en aparentar que tu madre ya te ha dado permiso. Entonces tú padre te dirá algo así como «lo que te diga tu madre» y luego tú le dices a tu madre que tu padre te deja.

Es una estrategia delicada, pero si se hace bien, es infalible.

3. SER MUY PESADO

y no parar de pedir y pedir la misma cosa.

Al final, si uno es constante, los padres acaban por rendirse. Lo malo de esta estrategia es que también lleva su tiempo.

4. USAR A LOS ABUELOS

a tu favor.

Empiezas a decir a los abuelos que estás un poco triste porque no te dejan hacer esto o lo otro. Al final, los abuelos, que son los padres de tus padres, les obligan a dejarte hacer lo que quieras.

5. PONERTE A LLORAR.

Es el último recurso y no siempre funciona. Sólo es conveniente si todo lo demás ha fallado.

Lo malo de estas cinco estrategias es el TIEMPO. Mucho o poco, necesitas tiempo para que salgan bien. Marciano no tenía tiempo. La inauguración del MONSTERBURGER era ese mismo mediodía. Tenía que encontrar algo rápido y efectivo. Sin posibilidad de fallos. Entonces se le encendió la luz y recordó una estrategia que había leído en un libro.

¡LOS VALES!

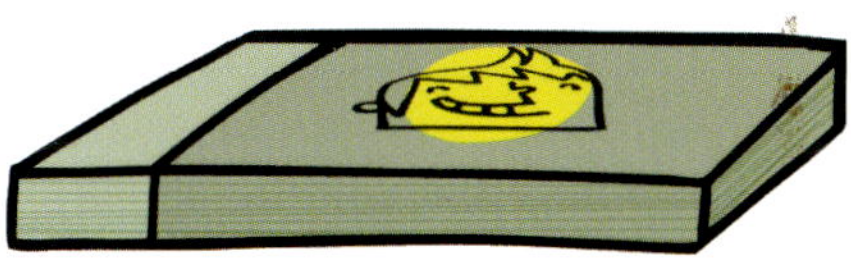

Sí, ésa era una buena manera de convencer a sus padres.

¿Cómo se hace? Es muy fácil. Se trata de hacer un taco de VALES[¡ojo!] en los que prometes cosas,

---

[¡ojo!] No te pases. No vayas a poner 100 vales. Los vales hay que pagarlos. Calcula muy bien qué estás dispuesto a pagar después de haber conseguido lo que quieres. Ten en cuenta que los padres van a usar esos vales en el peor momento, y como llevan tu firma, no habrá manera de que escapes.

y se lo entregas a tus padres a cambio de que te dejen hacer eso que quieres hacer. Los firmas y así tus padres pueden usar EL VALE cuando les apetezca. Luego, es verdad, es un rollo cuando vas a jugar y te enseñan el vale de **«voy a ayudar en la cocina»,** pero todo tiene un precio ;-).

Aquí tienes unos ejemplos para que los uses y pruebes si te convence esta estrategia. Pero no recortes el libro, queda feo. En www.cosmochucho.com puedes bajarte las plantillas de vales que usa Marciano. También puedes hacer las tuyas. Eso lo decides tú.

VALE POR:
1
PONER LA MESA

VALE POR:
1
ORDENAR LA HABITACIÓN

VALE POR:
1
BAJAR LA BASURA

VALE POR:
1
REGAR LAS PLANTAS

Ya estaba. Había dado con la solución. Ahora sólo tenía que llegar a casa, hacer los vales y prepararse para ir al **MONSTER BURGER**.

¡QUÉ EQUIVOCADO ESTABA!

8. Una cola monstruosa

Marciano estaba preparado para todo menos para encontrarse a sus padres de muy buen humor y vestidos con ropas viejas.

—Qué bien que has llegado —le dijo su padre mientras revolvía en la caja de herramientas.

—¿Qué? —contestó Marciano, que apenas podía oír por culpa del ruido.

—¡QUE QUÉ BIEN QUE HAYAS VENIDO! —dijo, ahora sí, gritando.

—CARIÑO —empezó a gritar su madre—, si no te importa, hoy tendrás que comer solo. Toma dinero y ve con Cosmochucho a algún sitio. Si quieres, puedes ir al MONSTERBURGER. Es una nueva hamburguesería que inauguran hoy. Tu padre y yo tenemos trabajo...

—¿Trabajo? ¿Qué trabajo? —preguntó Marciano, que no podía creer que estuviera teniendo tanta **suerte.**

—Vamos a ir a ayudar al vecino con las obras. Pobre..., tiene tanto trabajo...

—¿Pobre? ¿Vecino? ¿Obras?

—Sí. Es nuevo y muy majo. Vamos a ayudarle. Tú pásatelo bien en el MONSTERBURGER.

¿Era una broma o simplemente era su día de suerte? No quería averiguarlo. Tenía que reaccionar antes de que sus padres se echaran atrás, así que cogió el dinero, les dio un beso y salió de casa como un RAYO.

Al bajar por las escaleras, le sorprendió encontrarse con un montón de vecinos, súper de buen humor, que también iban a ayudar en las obras del **nuevo vecino.**

—Cosmo, tenemos que irnos de aquí antes de que nos pongan a trabajar. Aquí todos se han vuelto muy... **TRABAJADORES.**

Cosmochucho no contestó y Marciano sólo pensaba en llegar y comerse una de esas hamburguesas MONSTRUOSAS.

Sin embargo, cuando llegó, lo único monstruoso que encontró fue una cola tan larga que daba cuatro vueltas enteras a la manzana.

—¡NOOOOOOOOOOOOOOOOOOO! —gritó Marciano como quien falla un gol a puerta vacía en el último minuto.

Y no había para menos. Era verdaderamente increíble. Nunca había visto una cola así. ¿De dónde demonios había salido tanta gente?

De todos modos, valía la pena intentarlo, así que preguntó quién era el último. Nadie contestó. Insistió y, entonces, apareció un encargado del MONSTERBURGER que le dijo:

—Lo siento, pero la cola ya está cerrada. Otro día tal vez tengas más suerte.

—**GRACIAS** —murmuró Marciano.

—Ah, por cierto, no se puede entrar con perros.

—Grrrrrrrrrr —gruñó Cosmochucho.

Al final Cosmochucho arrastró a Marciano hasta una pizzería que estaba justo enfrente del **MONSTERBURGER.**

—¿Aquí? ¿Quieres pizza? —le preguntó Marciano a Cosmochucho.

—Guuuuuauuu —contestó sacando la lengua.

La pizzería estaba vacía. **VACÍA, VACÍA.** No había ni una mosca.

Marciano preguntó:

—¿Está abierto?

Nada. Silencio.

Otra vez:

—Hola. ¿Está abierto? ¿Admiten perros?

Unos segundos y entonces sonó una voz lejana que dijo:

—Sí... Sí... Ahora salgo... Sentaos donde queráis.

Marciano se sentó al lado de la ventana para poder ver la gran cola del **MONSTERBURGER.**

—Mira, Cosmo, ahí está Julián. Y allí está Ana... Y allí María... ¡Jo, está toda la clase!

—Guau, guau —contestó Cosmochucho, que tampoco quitaba ojo de encima del **MONSTERBURGER**.

Y así estuvieron un buen rato hasta que...

9. **Entró un camarero muy raro, con la piel de la cara como movida, es decir, que los ojos los tenía a la altura de la nariz y la nariz en la punta de la lengua, y entonces Cosmochucho se lanzó sobre él y empezó a lamerlo y a darle besos y mientras tanto Marciano García flipaba, hasta que entendió que ese camarero era en realidad un *usiano* y entonces Marciano se hizo una pregunta que todos nos hemos hecho alguna vez**

10. ¿Qué hace un extraterrestre trabajando en una pizzería?

¡Ya ves! Creo que nunca habías leído un capítulo más rápido que el capítulo 9, **¿a qué no?**

Pero es que fue así. Todo sucedió a la velocidad de la luz. No hubo tiempo para nada. ZAS. De golpe, sin diferenciar título de capítulo ni nada. **PLAS.** En un abrir y cerrar una bolsa de patatas fritas, Marciano se vio hablando con un *usiano* al que el disfraz de humano le venía bastante grande.

—JOOOOOOOOO... ¡Realmente eres el mejor encontrando gente! Eres MEGASIDERAL, tío... Ya me lo habían dicho los del planeta: «Marciano García te encontrará, te encontrará sin más. No tienes escapatoria». Y yo decía: «No, qué va, no podrá. Si no le digo dónde estoy, no me va a encontrar. **¡TÍO!** Si no sabe ni que me está

buscando». Y ellos me decían: «Te va a encontrar». Jo, tío, y lo has hecho... Me has encontrado... Eres muy bueno..., **buribintiamente**¿? bueno.

El extraterrestre del PLANETA U se comunicaba telepáticamente a toda velocidad, convirtiendo su *usiana* manera de hablar en una peculiar forma humana. Los pensamientos se arremolinaban y chocaban unos contra otros, como cuando una ola te revuelca en la orilla y acabas con el bañador lleno de arena.

—Bueno, bueno..., pero qué estoy haciendo. Soy un maleducado. No me he presentado, no, no, qué va. Y yo, aquí, dale que te pego y pego que te dale. Perdón, MAESTRO DEL ESCONDITE. Me llamo Turuntamentarentamenyudabi Tercero. Pero puedes llamarme Turuntamenta Segundo, o simplemente Turun Sexto, o también, si quieres, TURUNTAMENTA sin lo de Segundo... Bueno, como

¿? *Buribintiamente* es una palabra que los *usianos* sólo usan cuando están buribintiamente sorprendidos de lo bueno que es alguien o alguna cosa. Te aseguro que una sorpresa que podamos calificar de *buribintia* es una sorpresa muy, muy grande.

tú quieras. Me llames como me llames, será un gran honor para mí, tío. Tú eres bueno, sí, señor, muy bueno. ¡Eh, quieto! Espera. También sospechas de eso, ¿no? —terminó de sopetón señalando al **MONSTERBURGER**.

La pregunta a bocajarro pilló a Marciano por sorpresa.

¿SOSPECHAR? ¿De qué? ¿De una hamburguesería? No tenía nada de sospechoso. Bueno, sí, tal vez la inmensa cola que se había montado, pero

eso es bastante normal, sobre todo en una ciudad en la que apenas nunca pasa nada especial..., excepto alguna visita alienígena de vez en cuando. Pero el caso era que Marciano no sabía muy bien qué decir, aunque tampoco quería que se le notara, así que siguió disimulando:

—Bueno, sí... Realmente podríamos decir que es... ¿sospechoso?

—Jo, jo, jo... ¡Qué listo eres! PLAS. PLAS. PLAS. CATAPLÁS. Podrías ser *usiano.* Te lo prometo, tío: de lo listo que eres, podrías ser *usiano. Usiano-asiano* de verdad, tíiiiiiiio. ¿Seguro que no eres *usiano*? Casi eres tan listo como nosotros. Tú tienes sangre *usiana*, ¡seguro! ¡SEGURO! **¡SEGURO!** Es que es... PLAF, PLUF, PLAF... Lo pillas todo. No hay nada que se te escape. ¡Guau! ¡Estoy con Marciano García! ¿Me firmarás el disfraz de humano cuando acabe mi misión en la Tierra? ¿Sí? Va, por favor... Podrías poner algo así como «DEL MEJOR JUGADOR DEL ESCONDITE DE LA GALAXIA AL MEJOR INVESTIGADOR DE LA BOCA, CON CARIÑO» y todo eso.

—¿Investigador de qué?

—Vale, es verdad. Primero el trabajo y luego el placer... Es que eres tan bueno, tan profesional... Ay... Vale, tío, sigo, sigo, no me despisto. No me **DESPIIIIIIIISTO.** Estoy concentrado a tope, tío... Yo estoy aquí porque...

Turun sexto habló bastante rato, mucho más despacio y mucho más serio. Marciano escuchó muy atento. No era para menos. La cosa no pintaba muy bien. Te lo resumo, para ir más rápido y ahorrar papel ;-):

Al parecer, los negocios de la galaxia los domina un **MEGAEMPRESARIO** al que todos conocen como **Don Agujero Negro,** del planeta PlusAndroide X-3, cerca de la nebulosa de Oxinocrán, para que nos situemos.

Don Agujero Negro ha levantado un imperio multimillonario gracias a la **COMIDA RÁPIDA INTERESTELAR.** Tiene locales y restaurantes por todos los rincones de la galaxia, incluso uno en el extremo del fin del universo, que se ve que es muy famoso y hay que pedir mesa con años luz de antelación.

El caso es que la carne de **GULUTANG,** una especie de perro-rana gigante que vive en las charcas de miles de planetas, se está agotando. Si se agota la carne de **GULUTANG,** Don Agujero Negro no podrá hacer sus famosos **PERRITOS CALIENTES CON MOSTAZA** y en esta parte de la historia es donde entran los humanos.

¿Qué tienen que ver los humanos con los perroranas esos? Fácil. Don Agujero Negro ha pedido permiso a la **ORGANIZACIÓN INTERGALÁCTICA PARA LA TRAMITACIÓN DE PERMISOS DE ENGULLIMIENTO DE RAZAS COMESTIBLES,** es decir, La B.O.C.A.[¡no pega!], para poder usar carne humana para fabricar *humanitos calientes con mostaza,* que al parecer se servirían acompañados de crujientes meñiques fritos.

Marciano reaccionó como cualquier humano hubiera reaccionado ante eso, es decir:

—¡PERO ESO NO PUEDE SER! ¡NO PUEDE COMERSE A LOS HUMANOS!

¡no pega! Sí, ya sé que no pega, que si se llama La B.O.C.A. debería ser como..., no sé, como la ONU, que son las siglas de Organización de las Naciones Unidas..., pero es que los *usianos,* y los extraterrestres en general, con eso de las siglas son menos, digamos, estrictos. Por eso les da igual que las siglas sean unas y las palabras, otras. Te lo digo porque no es mi culpa, es de los alienígenas, ¿sabes? Así que llamémosle La BOCA, sin poner tampoco puntitos entre las letras, que me canso, y hagamos como que no ha pasado nada. Además, queda mejor que OITPERC, ¿a que sí?

—No. Por el momento no. Cierto. Muy bien. Jo, lo pillas todo a la primera.

—¿QUÉ? **¿POR EL MOMENTO NO?** —interrumpió Marciano, al que no le interesaban demasiado los halagos de Turuntamenta, por llamarlo de alguna de las múltiples formas con las que podemos llamarle.

—Sí, por el momento. Ya te he dicho que él ha pedido permiso a La BOCA. Si La BOCA decide que se os puede comer, habrá *humanitos calientes con mostaza*. Si dice que no, no habrá *humanitos calientes con mostaza*. Es así, tío. Lo siento, pero La BOCA es la que habla y decide a quién se puede comer en la galaxia y a quién no.

—Pero..., a ver..., un momento..., ¿de qué depende que La BOCA decida comernos o no?

—De lo listos que seáis, tío, claro. ¿De qué va a ser? Ya lo sabes. Esto va así. Depende de lo evolucionados que estéis como raza. No todos en este planeta son tan **inteligentes** como tú, ¿sabes, tío? No todos. No todos. A mí me sabe suuuuuuuupermal por ti, pero el UNIVERSO es así. En todas partes es así. Aquí, en la Tierra también. Mira, si las vacas y los cerdos supieran conducir un autobús o ponerse un sombrero y decir «Buenos días, señor, ¿cómo se presenta hoy la jornada de trabajo?» seguro que no os los comeríais. ¿No? Pues eso. La BOCA ha de hablar. Sólo puede hablar La BOCA, y hasta que no hable, yo tengo que investigar. **¿INVESTIGAR QUÉ?** Lo has adivinado, claro, amigo, claro. Tengo que investigar si Don Agujero Negro está empezando a almacenar carne humana. Muchos empresarios intergalácticos hacen eso: piden permiso pero mientras tanto van haciendo como si nada. ¡Eso no puede ser! **NO.** Para nada. Por eso La BOCA tiene a investigadores supereficientes y supereficaces como yo... Y si los pillamos..., ¡CATAPLUF! Permiso denegaaaaaaaado —dijo como si terminara de cantar algo parecido a un villancico estelar—. Por eso, el **MONSTERBURGER** es tan sospechoso. Pero tú ya sabías todo esto, ¿verdad? Por eso has venido hasta aquí, **A BUSCARME...**

—Eh..., sí..., claro.

—Jo, tío, qué listo eres. De verdad que no me iré de tu planeta hasta que no me firmes este disfraz de piel de humano. ¡Ay, ay, ay, madre mía..., estoy con el auténtico **MARCIANO GARCÍA!**

11. Un respetable negocio alienígena en el planeta Tierra como tantos y tantos otros

Sí. Marciano García lo había entendido perfectamente. Sospecho que tú también. La raza humana tenía dos opciones para salvarse:

1. Que La BOCA considerara que los humanos eran lo bastante evolucionados como para no hacer de ellos *humanitos calientes con mostaza* acompañados de deliciosos meñiques fritos.

2. Que Don Agujero Negro hubiese empezado ya sus planes, descubrirlo y enviar las pruebas a La BOCA para que cancelara todos sus permisos.

Después de la charla, los tres estuvieron en silencio bastante rato.

Vigilando.

Observando.

Viendo cómo la inmensa cola del MONSTERBURGER avanzaba lentamente. Pasó un rato, no sé si mucho o poco. El tiempo pasa distinto depende de cómo te lo estés pasando. Ya sabes lo que quiero decir. Si uno intenta aguantar la respiración debajo del agua, el tiempo pasa muy, pero que muy DESPACIO. Si uno se está zampando su helado favorito, el tiempo pasa muy, pero que muy VELOZ.

Sea como sea, Marciano se estaba aburriendo un poco y casi agradeció cuando Turuntamenta dijo:

—Voy a entrar. ME LA JUEGO. Sí, señor. Me voy a infiltrar. Es muy sospechoso todo esto, tío. ¿Sabes? Voy a ver qué está pasando. Don Agujero Negro ha dicho que él sólo ha abierto un respetable negocio alienígena en el planeta TIERRA, como tantos y tantos otros. Pero no..., no me engañan, a mí no me engañan, tío. Soy un investigador de primerísimo nivel, ¿sabes? Espérame aquí, tío. ESPÉRAME. Voy a infiltrarme. Voy a colarme dentro del **MONSTERBURGER**. Espérame aquí. Vuelvo enseguida. Allá vamos.

Marciano García y Cosmochucho se miraron con cara de «este extraterrestre está un poco mal de la cabeza».

—Adiós, amigos. Me voy. Si no volviera, seguid investigando por mí. Aquí tenéis las **llaves** de la pizzería. Es un buen lugar para VIGILAR.

Turuntamenta dijo esto y, antes de salir de la pizzería, se giró y repitió:

—No lo dudéis, si no vuelvo, seguid sin mí... Ah, y mejor que no entre ningún cliente, porque no hay mucha cosa para ofrecer.

Marciano y Cosmochucho se miraron, extrañados de que Turuntamenta fuera tan DRAMÁTICO.

Luego, le vieron colarse disimuladamente y confundirse entre la gente. Sólo podían esperar a que trajera buenas noticias.

Y así lo hicieron.

Esperaron y esperaron.

No pensaron en nada. Simplemente tenían la mirada perdida en la inmensa

cola, como muy concentrados en adivinar algo que tampoco sabían qué era exactamente. No sé si me explico. Creo que no. Es algo así como cuando estás intentando resolver una sopa de letras. Una como ésta, por ejemplo. Si te apetece te la puedes tomar. Es divertida. Para resolverla, tienes que encontrar CINCO PALABRAS relacionadas con las aventuras de **MARCIANO GARCÍA Y COSMOCHUCHO.** Así me ayudas a hacerte entender lo que quería decir y que no me ha salido muy bien ;-).

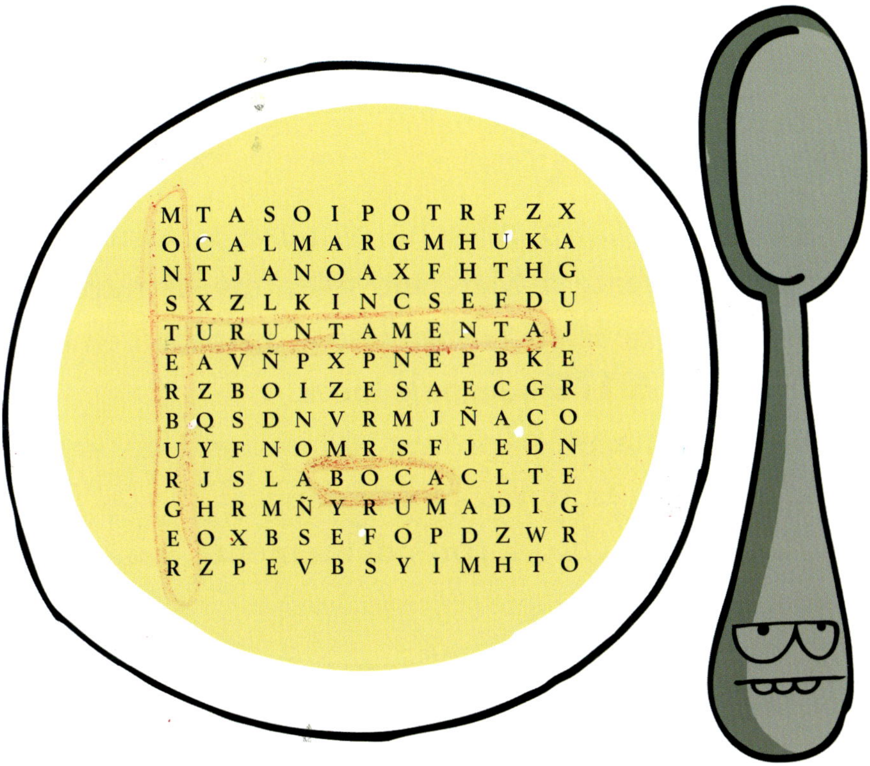

¿Estaba rica? ¿Te la has acabado toda, toda, toda? Espero que sí, porque he tardado bastante rato en cocinarla (^_^).

Bueno, pues así es cómo estuvieron Marciano García y Cosmochucho, viendo cómo la gente entraba al MONSTERBURGER.

Después de un buen rato, Marciano preguntó:

—¿Dónde se habrá metido el Turuleta ese o como se llame? ¿Se habrá perdido? Ya te digo. Éste se ha perdido.

Entonces Cosmochucho empezó a ladrar y a mirar fijamente a Marciano mientras las pupilas de sus ojos se le encendían y se le apagaban en un **INQUIETANTE** juego de luces.

—¿Qué haces? —protestó Marciano algo asustado—. Para ya, te vas a hacer daño.

Cosmochucho, sorprendentemente, por una vez, hizo caso.

—Muy bien, así me gus...

Sin tener tiempo de acabar «gusta», Cosmochucho miró al techo de la pizzería y de sus ojos salieron dos potentes rayos de luz que proyectaron una pequeña grabación con sonido incluido:

—**¿QUÉ HACES? PARA YA, TE VAS A HACER DAÑO.**

—¡UAAAALA! —exclamó Marciano—. ¿Puedes grabar? **¡Qué fuerte!** Un perro grabador-reproductor! ¡Eres una caja de sorpresas! Ah, vale... Quieres que nos infiltremos en el **MONSTER**BURGER y averigüemos qué está pasando y lo grabemos. Muuuuy bien... Buena idea. Vamos allá.

12. El hechizo hamburguesil

Como ya le habían advertido que los perros no estaban permitidos en el **MONSTERBURGER**, Marciano, con unas cuerdas que encontró en el almacén de la pizzería, convirtió a Cosmochucho en una **COSMOCHILA**.

—Muy bien, entramos disimuladamente, yo finjo que busco el lavabo o algo así y tú mientras vas grabando por si vemos algo sospechoso. ¿Sí?

—Guuuuuau —contestó Cosmochucho.

No soy mago ni adivino, pero sé que ahora mismo estás un poco ansioso, que quieres saber ya, YA, YA MISMO qué pasó, cómo entraron y qué vieron. Iré algo rápido. ¿Sí? Allá va.

Para empezar, el plan fue bien, como mínimo al principio. Entraron sin problemas. Una vez más el truco de la cosmochila funcionó.

¡Estaban dentro!

El sitio era magnífico. **INCREÍBLE.** Superbién decorado, ¿sabes?, y... Bueno..., mira algunas de las fotos que sacó Cosmochucho.

De repente, a Marciano García le entró mucha, mucha hambre. Aquel **olor** a hamburguesa mezclado con CRANCH-CRUNCH de las patatas fritas y el **CHUPIRRITIPEO** de las pajitas de los refrescos... Hummmmmmmm, la comida le estaba llamando, le estaba hipnotizando, le estaba diciendo:

«Veeeeeeeeen, sieeeeeeéntate en una mesa y pide una de estas monstruooooooosas hamburgueeeeeeesas... Sooooooooon muuuuuuuuy riiiiiiiicas, riquíiiiiiiiiiiiiiiiiiiiiiiiiiiiiiiiiiiiiiiiiiisimas. Ñam. Ñam. Ñam. Te van a guuuuuuustar taaaaaaaaanto...»

Ya ves, irresistible. Del todo irresistible. Tanto, que se dejó llevar. Se rindió. Se entregó a las ganas de hincarle el diente a esas hamburguesas. Pero cuando, como un sonámbulo, fue a sentarse a una pequeña mesa que acababa de quedar libre, despertó del HECHIZO HAMBURGUESIL.

—¡Ahhhhhhhhhhhhh!

¡Cosmochucho le había mordido en el cuello!

—¡Ahhhhhhhhhhhhh!

Marciano tuvo que volver a gritar porque aún le dolía. Pero no se enfadó con Cosmochucho. Entendió que se había dejado despistar. Tenía que estar atento, seguir con el plan. Y así fue.

Recorrió las tres plantas del MONSTERBURGER fijándose en la gente y en aquellas hamburguesas descomunales y buscando a Turuntamenta.

—¿Dónde se habrá metido ése? —preguntó a Cosmochucho, que hacía una vibración rara, como cuando el ordenador empieza a leer un DVD.

Al final lo encontraron en el tercer piso, sentado a una mesa y con una hamburguesa tan y tan grande que, en lugar de cogerla con las manos, tenía que abrazarla para conseguir llevársela a la boca.

—¿No tenías que investigar? —le dijo Marciano algo enfadado—. Yo tampoco he comido y ME AGUANTO.

Marciano esperó una pequeña disculpa, un «no te enfades, tío, tú eres muy bueno jugando al escondite, pero yo tengo hambre, hambre de verdad, así que perdona, tío, ahora me pongo a investigar», o algo por el estilo. Lo que no se esperaba era que Turuntamenta empezara a gritar como un loco:

—¡Son dos espías de La BOCA! **¡ATENCIÓN! ¡ATENCIÓN!** ¡Estos dos son dos espías de La BOCA! ¡Detenedlos! ¡Detenedlos! **¡AQUÍ! ¡AQUÍ!** ¡Son de La BOCA! ¡El niño humano y el perro feo!

TRAICIÓN.

Turuntamenta había cambiado de bando o era un espía doble o había caído víctima del hechizo hamburguesil. Marciano y Cosmochucho estaban atrapados en el tercer piso y muy, muy lejos de la salida del **MONSTERBURGER.** Eran presa fácil. Y se acercaban tres camareros con caras de pocos amigos. ¿Eran humanos? ¿Eran alienígenas? ¿Realmente importaba eso? ¿Qué hacer?

13. Escaleras

Marciano se puso a correr.
Pudo llegar hasta las escaleras.

Rápido. De dos en dos peldaños.
Bajar, bajar, bajar. Salir como fuera; fuera.
Y Cosmochucho, rebotaba en su espalda.
Y ladraba. Y ladraba. Y ladraba.
Y los perseguidores que gritaban:
«Alto. Os perseguimos en son de paz».
Y Marciano pensaba:

«Tu tía viene en son de paz».
Y las escaleras se hacían interminables.
Pum, pum, pum. Pasos fortísimos.
No quería ni mirar atrás. No quería verlos.
No podía desconcentrarse. Si tropezaba. Si caía...
Entonces le servirían con patatas fritas.
Estaba totalmente seguro de eso y eso...

hacía que siguiera corriendo como un loco.

¡La puerta! ¡La puerta!

Dos peldaños más.

Uno.

Fuera.

Lo había conseguido.

Estaba en la calle. Giró la cabeza. Habían dejado de perseguirle, aunque él no dejó de correr hasta llegar a casa. Después del susto que había pasado, necesitaba ver a sus padres, estar con ellos un rato y sentirse seguro.

Lástima que cuando entró en su casa, sólo encontró **UNA NOTA.**

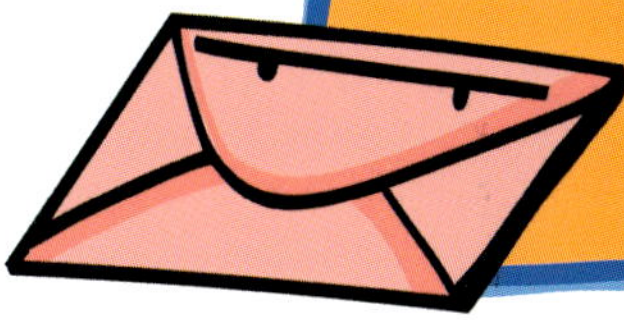

14. Una carta escrita en rosa

Cariño, vamos a estar fuera de casa una o dos semanas.

El nuevo vecino necesita mucha ayuda con las obras y en una reunión extraordinaria de propietarios hemos decidido echarle una mano.

No te preocupes. Será como una prueba de niño mayor. Seguro que te va muy bien.

Te hemos dejado comida en la nevera y dinero sobre la mesa de la cocina. No estamos muy lejos. Pórtate bien.

Un beso enorme, pequeñín.

Te quieren:

Mamá y Papá

¿Qué era esa cosa tan cursi? ¡Por favor!

¿Pequeñín? ¿Una prueba **DE NIÑO MAYOR?** ¿De dónde habían sacado ese papel de color rosa? ¿Qué les había pasado a sus padres? Era como si los golpes de las obras, en lugar de a las paredes, se los hubieran dado a ellos en la cabeza.

—¡Ay, Cosmochucho! A estos dos cada día se les va más la olla...

Y además, por si fuera poco, no pienses que todo esto sucedía en silencio y tranquilidad. ¡Qué va! Las obras no paraban. El ruido era exactamente como antes:

¡Pum! ¡Pum! ¡Pum!
¡Catacric! ¡Catacroc!
BrrrrrrrrrrrrrrBrrrrrrrrrrrBrrrrrrrrrr.
Brrrrrrrrrr...
Clinc, reclinc y reclonc.
Y pum y más pum...

Un pequeño silencio (______) y vuelta a empezar.

¡Pum! ¡Pum! ¡Pum!
¡Catacric! ¡Catacroc!
BrrrrrrrrrrrrrrBrrrrrrrrrrrBrrrrrrrrrr.
Brrrrrrrrrr…
Clinc, reclinc y reclonc.
Y pum y más pum…

Pero Marciano tenía cosas más importantes en las que pensar. Si sus padres querían ayudar al vecino con sus obras, perfecto. Allá ellos. Ya se sabía cuidar solo. Mejor. Así podría investigar más tranquilo. Y para ello lo primero que tenía que hacer era revisar la **GRABACIÓN** que habían conseguido del interior del **MONSTER**BURGER.

—¿Cómo descargo el vídeo? —preguntó a Cosmochucho, que le miraba sacando la lengua.

—¡Guau! —contestó dirigiéndose hacia el ordenador y conectando su cola al puerto USB.

—Claro. Como cualquier descarga. Muy bien, Cosmo. ¿Te puedo meter música?

—**GRRRRRRRRRRR.**

—Vale, vale. Tú descárgate en el ordenador. Ya me callo.

DESCARGANDO.

CLINK.

DESCARGA COMPLETA.

Marciano y Cosmochucho miraron la película, que duraba unos 15 minutos y que se cortaba justo cuando empezaron a perseguirlos.

Era alucinante.

Sin duda allí pasaba algo raro. **MONSTRUOSAMENTE RARO.**

La gente no se comportaba normal.

Estaban todos como hipnotizados.

Locos.

Obsesionados.

Sólo comían y comían y no paraban de comer. Y cuando paraban, era sólo para beber refresco. Había mesas que terminaban de comer una de esas hamburguesas y levantaban la mano para pedir otra. No querían ni postre. **SÓLO** hamburguesas. Una tras otra. Una tras otra. Y luego... otra más. Y más refrescos. Y más patatas fritas.

—Jo, van a **REVENTAR.** ¿Qué llevarán esas hamburguesas?

Marciano dijo esto y a Cosmochucho se le encendieron las manchas del lomo. La imagen se congeló. Zoom al máximo y

sin pixelar. En el ordenador apareció una pequeña pantalla que decía:

ANALIZANDO IMAGEN

Y entonces apareció un detallado esquema de una hamburguesa especial **MONSTER**BURGER.

15. Un detallado esquema de una hamburguesa especial MonsterBurger

Sí, ya sé que el título de este capítulo no es que digamos **BRUTAL** ni un ejemplo de **mega-creatividad.** He repetido la última frase del anterior capítulo. Bueno, no me lo tengas en cuenta. Lo que debes tener en cuenta es lo que vas a ver a continuación. Y seguro que **NUNCA, NUNCA, NUNCA** en la vida has comido una hamburguesa así. En realidad, ni juntando todas las hamburguesas que has comido en toda tu vida llegarías a comer una sola como ésta. Ya ves, en una página normal no cabe, así que lo hemos tenido que poner en plan póster.

¿Preparado? ¿Sí? Pues ve abriendo la boca porque esto te va a sorprender... Buen provecho ;-).

x3
x2

Tamaño: equivale a una pizza familiar.

El pan, en lugar de sésamo, lleva quicos gigantes.

En el interior del pan, a modo de base, hay una PIZZA MARGARITA por un lado y una pizza cuatro quesos por el otro.

Hamburguesa central de dos palmos de altura rellena de panceta y **MORROS FRITOS.**

Por encima de la hamburguesa: bacon, jamón dulce y tres huevos fritos.

Encima hay diez NUGGETS de pollo bañados en abundante salsa barbacoa.

Pequeña hoja de lechuga.

Un tomate del tamaño de una canica.

16. Sonrisas desorbitadas en una interminable fila india

Estaba muy claro. Ni Marciano ni Cosmochucho tenían ninguna duda. Don Agujero Negro había empezado a cebar a los humanos como los humanos ceban a los CERDOS para hacer lo mismo que los humanos hacen con los **CERDOS** pero con humanos.

¡Ahhhhh! Casi me quedo sin aire. Qué frase más larga. Pero no se puede decir más claro, ¿no crees? ;-). Vaya, que a la Gran Corporación le daba absolutamente igual lo que dijera o dejara de decir La BOCA.

—Tenemos que investigar. Ya oíste lo que dijo el Turuleta ese..., lo de los permisos..., bueno, tú ya me entiendes.

Cosmochucho le miró con cara de «ay, qué memoria tienes», levantó las TRES CEJAS de sus tres ojos, abrió la boca y reprodujo la grabación de lo que había dicho Turuntamenta:

«La BOCA ha de hablar. Sólo puede hablar La BOCA, y hasta que no hable, yo tengo que investigar. ¿Investigar qué? Lo has adivinado, claro, amigo, claro. Tengo que investigar si Don Agujero Negro está empezando a almacenar carne humana. Muchos empresarios intergalácticos hacen eso: piden permiso pero mientras tanto van haciendo como si nada. ¡Eso no puede ser! No. Para nada. Por eso La BOCA tiene a investigadores superficientes y supereficaces como yo... Y si los pillamos..., ¡CATAPLUF! Permiso denegado.»

—Vale, muy bien, tú sabes hacer muchas cosas... ¿También haces palomitas de maíz? —dijo Marciano un poco rabioso.

—GUAU, GUAU —contestó Cosmochucho sonriendo y moviendo su cola USB.

—Prefiero no saber cómo las haces —contestó Marciano guiñándole un ojo—. Venga, salgamos de aquí y **¡MANOS A LA OBRA!** Tenemos que encontrar alguna prueba.

Como siempre, Marciano prefirió bajar **POR LAS ESCALERAS.** Bueno, eso de *prefirió* es un decir. No prefería nada. Sus padres le tenían ABSOLUTAMENTE PROHIBIDO, sí, así, en mayúsculas, que bajara solo en el ascensor. «No cojas solo el ascensor.» «No cojas solo el ascensor.» «No cojas solo el ascensor.» Tantas, tantas y tantas veces se lo habían repetido que ya se le había quedado en la cabeza... y en los pies, que se dirigían hacia la escalera sin que ni siquiera él mismo lo pensara, dispuestos a bajar los cinco pisos. En fin, tal vez pienses que este detalle de las escaleras no es demasiado importante para la historia. Espera y ya verás. Ahora vayamos a la calle.

UN, DOS, YA.

—¡¿Y esto?!

Sólo abrir la puerta del portal, Marciano y Cosmochucho tuvieron que detenerse. Un montón de gente formaba una perfecta y ordenadísima fila india en la calle y ta-

ponaban la salida, como una barrera en el **PARCHÍS.** Todos sonreían de una manera extraña y decían, entre murmullos, cosas del tipo:

—Me han dicho que han decidido abrir todo el día —decía un hombre mayor, con bigote blanco y **GAFAS ENORMES.**

—Sí, sí, es cierto, yo lo he visto en un anuncio. Dicen que van a abrir **24 HORAS** al día sin parar. Son maravillosos... Lo hacen por nosotros —respondía una señora con una sonrisa que le desorbitaba los ojos.

—¡Son maravillosos! —repetía emocionado un niño de unos siete años.

—Sí, ya era hora de que alguien pensara en la gente. En nuestras necesidades. En nuestro bienes-

tar. Si se presentaran a las elecciones, yo los votaría, **seguro, seguro** —añadía la mujer de la sonrisa desorbitada.

—¡Sí, y yo también! —volvía a intervenir el niño.

¿De quién demonios estaban hablando? ¿Por qué estaban haciendo cola? ¿QUÉ REGALABAN?

Marciano y Cosmochucho se miraron abriendo mucho los ojos y diciendo sin decir que en esa ciudad se habían vuelto todos LOCOS.

—¿Tú crees que esta fila india lleva hasta...? —preguntó sin acabar la pregunta Marciano.

—**GRRRRRRMMMMMMM** —contestó casi carraspeando Cosmochucho.

—Vamos a comprobarlo.

No fue fácil, pero consiguieron deslizarse por el pequeño espacio que quedaba entre la gente y la pared. A cada tres pasos los acusaban de querer colarse y de que eran unos TRAMPOSOS. Marciano tenía que replicar que él sólo iba a pasear al perro, pero la gente no se lo acababa de creer.

Al final, después de casi una hora arrastrándose a trompicones, la fila los llevó —**TAL Y COMO TÚ YA SOSPECHABAS**— hasta el **MONSTER**BURGER.

Entraron en la pizzería. Ése había sido el centro de operaciones de Turuntamenta, y ahora era el suyo. El *usiano* tenía razón. Era un buen lugar para vigilar y comprobar que no sólo había una fila. Cientos de filas de todas las partes de la ciudad llegaban hasta el **MONSTER**BURGER.

¡Qué locura!

Un cartel enorme anunciaba:

17. A punto de hacer un gran PATAPUM

Marciano García y Cosmochucho estuvieron vigilando y vigilando con los ojos bien abiertos. No querían perderse nada.

Desde la pizzería podían ver perfectamente cómo la gente entraba al **MONSTERBURGER** y luego, cuando salían, volvían a ponerse en la fila para comer cuanto antes una más de esas terroríficas hamburguesas. Estaban hipnotizados. **Eran**

zombis. Robots. Ganado. Daba igual. Marciano había oído comentar alguna vez que los peces no pueden dejar de comer, que si les pones comida no paran hasta hacer **PUM.**

Peces de acuario...

Todas las personas de la ciudad se habían convertido en peces de acuario a punto de hacer un gran **PATAPUM.**

¿Qué hacer?

Turuntamenta los había delatado. Se había dejado hipnotizar por aquellas hamburguesas **vampíricas** y cebadoras. Porque de eso se trataba. De engordar a los humanos con hamburguesas para después hacer perritos calientes..., bueno, mejor dicho: humanitos calientes.

¡Maldito apetito intergaláctico!

Además, desde la pizzería no podían conseguir pruebas suficientes para denunciar a Don Agujero Negro.

—**¿QUÉ HACEMOS,** Cosmo? —preguntó Marciano esperando que él tuviera alguna respuesta de esas que tenía cuando todo parecía perdido.

Sin embargo, Cosmochucho calló. Ni un GUAU, ni un GRRRRR, ni un **NADA.** Parecía tan perdido como Marciano y eso no era buena señal.

Siguieron vigilando. No quedaba otra.

Y así pasaron ese día, y el domingo.

Vigilando, vigilando y vigilando. De casa hasta la pizzería, de la pizzería a casa.

Por otra parte, LAS OBRAS seguían y era casi imposible descansar. Tal vez por eso, cuando llegó **el lunes**, Marciano estuvo a punto de quedarse durmiendo y pasar de ir a la escuela. Por suerte Cosmochucho le obligó y no paró hasta que Marciano lo convirtió en una COSMOCHILA y salieron a la calle.

—Tengo sueño. Mucho sueño. Vamos a casa a dormir. Por favor..., por favor..., y te compro todas las chucherías del mundo mundial. Va... Papá y mamá no están. Decimos que estoy enfermo y punto.

Daba igual lo que dijera Marciano, Cosmochucho le obligó a ir a la escuela y, para que no se durmiera durante el camino (porque aprovechaba las rectas para dormir tres segundos), Cosmochucho le daba pequeños **MORDISQUITOS** en el cuello, cosa que ponía de muy mal humor a Marciano, que sólo pensaba en dormir.

Bueno, sólo pensaba en dormir hasta que llegó al colegio y se sintió así:

18. Bolas y bolita

Antes de seguir mira bien la imagen anterior. **ATENTO.** ¿Ves las bolas moradas? ¿Cuál de las dos dirías que es más grande?

Piénsalo.

¿Ya? Se ve claramente. La primera bola morada es mayor que la segunda, ¿verdad? **¿SÍ?** Vuelve a mirar. ¿Seguro? ¡Pues no! Son iguales. Del todo iguales. Mira, sin trampa ni cartón[¡eh!]

¡Eo! ¿Hola?

Muy bien, ya has llegado.

[¡eh!] Si piensas que todo es un truco, puedes hacerlo tú mismo. Sólo necesitas un compás y dibujar dos círculos iguales. Uno, el que tú prefieras, lo rodeas con círculos grandes y el otro con círculos pequeños. Ya verás que, a pesar de que lo has hecho tú mismo, tu vista te engañará. ¡Qué curioso! Pero volvamos arriba, que la historia se pone interesante. Es por aquí… ven…

Pues eso, tú mismo lo has visto. Lo has comprobado. Exactamente iguales. Son idénticos. El truco está en quién nos rodea. Si nos rodeamos de gigantes, nos sentimos ENANOS. Si nos rodeamos de enanos, nos sentimos GIGANTES. Pero ¿qué tiene que ver esto con Marciano García y Cosmochucho? Muy fácil. Cuando llegó al colegio, comprobó que todos estaban...

¡GORDÍSIMOS!

Enormes. Gigantes. Y no es que hubieran engordado unos cuantos kilos. **¡Qué va!** Habían crecido a lo ancho y a lo alto. Estaban hinchados como globos de feria. Los cuellos pegados a las mandíbulas, los brazos como piernas y las CARAS ROJAS, rojísimas, como si ellos mismos estuvieran soplando para dentro para hincharse como los globos de feria que parecían.

A su lado, Marciano parecía una pulguilla con una **COSMOPULGA** colgada a la espalda.

Y ese fenómeno les había pasado a todos. A todos. A ellos y a ellas. A los alumnos y a los profesores. Y también a los encargados del mantenimiento y los que se ocupaban de recepción y los cocineros del comedor y..., vaya, TODOS. Me parece que ha quedado claro ya :-).

Además, las voces también les habían engordado. Eran graves, cavernícolas, profundas, y decían cosas como:

—Sólo espero que pronto acaben las clases. TENGO HAMBRE.

—Yo también. Me noto **VACÍO POR DENTRO.**

—No tendrás una hamburguesa por ahí, ¿verdad? Estoy que me **desmayo.**

—Yo iré a comer al **MONSTER**BURGER y luego he quedado para merendar en el **MONSTER**BURGER por-

que aprovecharé para cenar en el **MONSTERBURGER.**

Y todo así.

No se hablaba de otra cosa que no fuera el **MONSTERBURGER.** No importaba otra cosa que no fuera el **MONSTERBURGER.** Nadie pensaba en nada que no fuera el **MONSTERBURGER.**

Mientras tanto, Marciano se sentía como una bolita entre bolas. Por eso lo del dibujo. Ahora lo entiendes, ¿a que sí?

Marciano no había engordado ni adelgazado. Estaba igual, pesaba los mismos kilos, pero todos los de su alrededor iban a hacer un gran PATAPUM. El día fue un asco. No pudo hablar con nadie. Nadie le hacía caso y los profesores centraban todas sus lecciones en el **MONSTERBURGER.** La **PROFE** de ciencias hacía experimentos con hamburguesas. En la clase de gimnasia tuvieron que pasarse unos a otros unos balones hinchables con forma de hamburguesas. ¡Hasta los problemas del profesor de matemáticas eran con **HAMBURGUESAS!** Un ejemplo:

Te pides una deliciosa hamburguesa en el MONSTERBURGER que pesa 3.500 gramos. Sí, ya sé, es de las pequeñitas. Da igual. Tú no esperas. Tienes hambre y ¡ñam! Empiezas a comértela y le das enormes bocados de 350 gramos cada uno.

¿Cuántos bocados necesitas para acabar con la hamburguesa?

RESPUESTA[¡Confesión!]:

¡Confesión! Vale, lo confieso. Las matemáticas nunca han sido mi fuerte. Yo quería ponerte aquí la respuesta, pero no estoy seguro de haberlo hecho bien. Creo que si te animas a hacer el problema, podrías pedirle a tu profe que te lo corrija. ¿Qué te parece? Es que yo hace mucho, mucho tiempo que no veo a mi profesor de Mates, el señor Giralt, así que me da un poco de corte pedirle que me corrija un problema que debería saber hacer... Bueno, tú ya me entiendes... ¡Sigamos con nuestra aventura!

¡QUÉ EMPACHO!

Todo el día así. ¿Te imaginas? Pues seguro que lo que no te imaginas es lo que pasó cuando sonó el timbre que daba por acabada la última clase... Eso fue demasiado. ¿Has visto alguna vez, en esos documentales que ven los padres en la televisión, una estampida de búfalos? Pues imagínate a los búfalos pero que van a dos patas y llevan mochilas y tejanos y todo eso. Todos como locos para ir a hacer cola, sí, lo has adivinado otra vez, al **MONSTERBURGER**.

Marciano y Cosmochucho seguían vigilando desde la pizzería.

—Jo, esto no va bien. **ESTAMOS PERDIDOS.** No encontramos nada. No tenemos ninguna prueba. Vamos a acabar todos a la parrilla —se quejaba Marciano mientras Cosmochucho seguía pensativo.

Y así pasaron el tiempo hasta que se hizo de noche y Marciano dijo:

—Vamos a casa. Mañana será otro día y seguro que las cosas no estarán tan mal como ahora.

Sí, éste era uno de los pensamientos favoritos de Marciano García. Si el día había sido **MUY MALO, MUY MALO, MUY MALO,** lo mejor era ir a dormir. Aunque los vecinos estuvieran haciendo obras en casa, seguro que el día siguiente no podía ser **peor.**

¡Se equivocaba tanto! ¡Tanto! Pero tanto... que tenemos que encerrar el siguiente capítulo en un recuadro, para que no se nos escape nada y lo entendamos todo perfectamente.

19. Por qué Marciano García se equivocaba tanto al pensar que al día siguiente todo mejoraría

1. Al despertarse **las obras habian terminado**, o como mínimo los vecinos se estaban tomando un descanso.

   Sin embargo, **sus padres aún no habian vuelto a casa.**

2. **A Cosmochucho le habian sentado mal unas chucherias** que tomó antes de ir a dormir y no paraba de ladrar y ladrar y de señalar la puerta. Estaba muy pesado y tenía las manchas del lomo apagadas, como tristes.

   (Pero prepárate que ahora viene lo malo de verdad.)

3. Al salir a la calle, Marciano vio... a NADIE.

No había nadie en ninguna parte. Ni un coche circulando. Ni un abuelo paseando. Ni un niño yendo al cole. Nadie es nadie. Su pequeña ciudad se había convertido en **una pequeña ciudad fantasma.**

4. **En el colegio, Marciano, también se encontró con... NADIE.**

Vacío del todo. Cole fantasma.

5. Al llegar al MONSTERBURGER, pensando que todos estarían comiendo allí como peces a punto de hacer un gran PATAPUM, Marciano también se encontró a nadie. Nadie es nadie.

Es más, en **un cartel gigante ponía: CERRADO** para siempre.

¡Ya ves, nunca nadie había sido tan sospechoso! Y nunca nadie había traído más problemas.

20. La BOCA a punto de hablar

Y así seguían. Sin pistas. Sin pruebas. Sin nada y con nadie. Solos en la ciudad. Marciano y Cosmochucho. Cosmochucho y Marciano.

¿Qué hacer? ¿A quién acudir? ¿Dónde buscar?

—GUAU, GUAU, GUAU —seguía ladrando Cosmochucho frenéticamente.

—Ya sé, ya sé que tienes **miedo.** Tranquilo, yo te protejo. Encontraré una solución. Déjame pensar.

Cosmochucho no contestó. BAJÓ LA CABEZA para hacer un gesto de «no, no, no vamos bien, nada bien». Pero Marciano no se dio cuenta. Sólo pensaba en dónde encontrar alguna pista, dónde empezar a tirar del hilo. **¿GOOGLE GALAXY?** Bueno, tal vez. Tampoco tenía un lugar mejor al que ir. Así que volvió a casa y, al en-

trar al portal y empezar a subir por las escaleras, pasó esto:

—No, por el ascensor no. No nos dejan subir en el ascensor solos. Ya lo sabes, Cosmochucho. Vamos, sube por las escaleras.

—Guau, guau, guau, guau... GRRRRRRRRRRRRRR —contestó Cosmochucho dando pequeños saltos para intentar llegar al botón de llamada.

—**¡QUE NO!** Que no hay nadie en la ciudad. Y si nos quedamos encerrados, ¿qué? ¿A quién llamamos? ¿A tus amigos los perros? Subimos por la escalera y punto —dijo en un tono que pretendía imitar al tono de autoridad de su madre.

Al final, después de varios ladridos por ambas partes, Marciano agarró a Cosmochucho en brazos y lo subió por la escalera.

—**¡Basta ya!** He dicho que no podemos y se acabó. Ya te llevo en brazos yo. Oye, ¿no estarás comiendo hamburguesas del **MONSTER**BURGER? Cada día estás más pesado —dijo Marciano para molestar.

Luego Cosmochucho estuvo un poco de mal humor, pero no se resistió a conectarse en el USB para que Marciano pudiera consultar el Google Galaxy. Y no tardó demasiado en encontrar una noticia recién colgada en el periódico extraterrestre **EL UNIVERSAL**, uno de los más prestigiosos de todo el universo periodístico.

NEWS
NEWS
LA BOCA, A PUNTO DE HABLAR

La Organización Intergaláctica para la Tramitación de Permisos de Engullimiento de Razas Comestibles, más conocida como La BOCA, está a punto de dictar sentencia en el caso de si se puede o no se puede consumir «humanos». Recordemos que los humanos son una raza semi-semi-semi-desarrollada que habita y sobreexplota un lejano planeta llamado Tierra, situado en el Sistema Solar, dentro de lo que se conoce como la Vía Láctea.

Según algunos científicos, los humanos podrían llegar a ser algo parecido a inteligentes, aunque incluso los más optimistas reconocen que, por el momento, van por muy mal camino. No como los delfines, mamíferos que habitan las aguas de la Tierra y de los que no se tiene ninguna duda de su inteligencia superior, por lo que el consumo de su carne está absolutamente prohibido en cualquier rincón civilizado del universo.

Pero ¿qué pasará con los humanos?

Por el momento, todos los miembros de la Gran Corporación que preside Don Agujero Negro han sido llamados a declarar delante del consejo de La BOCA. Y es que algunos rumores aseguran que ya han empezado a congelar carne humana, cosa que Don Agujero Negro niega rotundamente:

«No hemos empezado a congelar ni a fabricar carne humana de manera industrial. Eso sería ir en contra de La BOCA y yo jamás autorizaría una cosa así. Tenemos el testimonio de un investigador de La BOCA, llamado Turuntamenta, un ejemplo de profesionalidad y rigor que testificará a nuestro favor. Esos rumores son mentiras de envidiosos.»

Si es así, queridos lectores, si la Gran Corporación no se ha saltado las leyes, es casi seguro que La BOCA dará su consentimiento para que todos podamos saborear a los humanos. Lo sabremos dentro de muy poco, concretamente, dentro de tres fulbels y, como siempre, les informaremos aquí, en directo, en EL UNIVERSAL.

Hasta entonces,
¡buen provecho!

Marciano no se lo podía creer. La BOCA estaba a punto de dar el OK. Según el periodista, todo estaba listo para que los humanos fueran servidos con meñiques fritos y salsa barbacoa. Y sólo quedaban tres FULBELS.

—¿Cuánto tiempo es eso? ¿Cuánto son tres «fulbels»?

Marciano hizo esta pregunta a Cosmochucho, del mismo modo que tú te la has hecho a ti mismo..., pero, claro, tú no sabes la respuesta y Cosmochucho sí. Aunque no creas, también tuvo que CALCULAR.

No tardó mucho tiempo, y como estaba conectado al ordenador, enseguida apareció en pantalla la equivalencia fulbels-minutos, es decir, cuánto les quedaba para conseguir las pruebas que callaran a La BOCA:

10 MINUTOS

¿Cómo? ¿Qué? ¿¡¡¡¡¡¡¡¡¡¡¡¡¡¡¡¡¡?

¿Ése era todo el tiempo que quedaba? ¿10 minutos? ¡10 minutos! ¿Nada más? ¿Sólo 10 minutos y la humanidad empezaría a ser transformada en comida rápida intergaláctica? ¡10 minutos y Marciano no sabía ni por dónde empezar!

¿Qué hacer?

Huy, huy, huy... Qué nervios. Se levantó de la silla.

EMPEZÓ A DAR VUELTAS Y VUELTAS. Y LA CABEZA CADA VEZ LE DABA MÁS VUELTAS Y MÁS VUELTAS...

Huy, qué mareo, ¿no?

Pasaba el tiempo. Sonó un **«CLINC»**. Miró a la pantalla del ordenador: 9 minutos. No podía ser. ¡Ya había pasado un minuto!

—Guau, guau, guau...

Cosmochucho había ladrado y Marciano no entendía por qué. Pero cuando vio un pequeño charquito amarillo en el suelo, lo entendió.

—¿Te has meado? Jo, Cosmo. Estamos aquí, a punto de ser comidos como humanitos calientes y tú vas y te meas.

—Guau, guau.

—Vale, de acuerdo. Vamos a la calle, corremos muy deprisa y vemos si encontramos algo en el MONSTERBURGER. Según la noticia, todos están declarando delante de La BOCA. Si has de hacer pipí, hazlo mientras corres.

Otro **CLINC:** 8 minutos.

No había tiempo que perder.

—Tú llevas la cuenta. Avísame cuando se acabe el tiempo. Vamos, rápido, no sé ni si podremos llegar al MONSTERBURGER.

Y era verdad. Nunca iban a llegar al MONSTERBURGER. Nunca de nunca.

¿Quieres saber por qué?

Pues ya sabes, capítulo nuevo :-).

21. El final de...

(Qué emocionante este título, ¿no? Así, dejándote el suspense. Bueno, no te distraigo más, sigue leyendo que ¡el tiempo pasa deprisa!)

Otra vez.

NO, OTRA VEZ, NO.

Cosmochucho no quería bajar por las escaleras. Empezó a ladrar y a ladrar y dar saltitos y saltitos buscando el botón de llamada. Marciano le miró con cara de pocos amigos y pensando «eres un perro muy vago y muy caprichoso». Sin embargo, tenían prisa, la humanidad tenía prisa, y era mejor no perder ni un segundo.

—Esta bien. **PERFECTO.** Vamos en ascensor.

—¡Guau! —contestó Cosmochucho sonriendo y sacando la lengua.

—Pórtate bien en el ascensor y no hagas ninguna cosa rara. No quiero quedarme atascado.

Marciano pensaba que con esa **advertencia** bastaría. **¡QUÉ VA!** Fue entrar en el ascensor y Cosmochucho trepó, como si fuera un koala, por el cuerpo de Marciano y empezó a tocar los botones de los pisos, que se encendían y se apagaban y hacían sonidos muy extraños. Tan extraños como los que emitía Cosmochucho.

—¡Qué haces! Para ya, **¡PERRO TONTO!**

Fue lo único que pudo decir Marciano.

De repente, el ascensor empezó A BAJAR Y BAJAR Y BAJAR Y BAJAR. Pero no a bajar normal. No. Empezó a bajar como cuando la montaña rusa está en el punto más alto y empieza a caer. ¿Sabes? Pues eso. Esa sensación como si las tripas treparan por los pulmones y que algo que está dentro de ti quisiera salir por la boca. Mira cómo:

Así…

…de rápido.

¡UA! **¡QUÉ SENSACIÓN! ¡QUÉ MAREO! ¡QUÉ MIEDO!**

Marciano pensó que estaban a punto de estrellarse en el infierno. Pero no, habían bajado a un lugar mucho peor y más frío.

Cuando se abrieron las puertas del ascensor, vio un inmenso almacén refrigerado. Algo así como el *parking* de un gran aeropuerto pero justo debajo de su casa. Ah, y en lugar de coches, miles y miles y miles y miles y miles de…

¡TUPPERWARES!

—¡No puede ser!

—Guau, guau.

CLINC: 2 minutos.

—¿Dos minutos? ¡Necesitamos más tiempo! —dijo Marciano mientras comprobaba que cada uno de los **TUPPERWARES** tenía nombre y apellidos—. Jo, han congelado a toda la ciudad. ¡Qué fuerte! Necesitamos más de dos minutos para pasar las pruebas a La BOCA.

Entonces, Cosmochucho abrió la boca, las luces del lomo se le encendieron y empezó a recibir un mensaje:

—¿Qué dices? ¡No te entiendo!

Cosmochucho movió la cabeza, dio dos saltitos y, entonces sí, Marciano pudo entender el mensaje, aunque con unas pequeñas interferencias...

Aquí La BOCA. Aquí La BOCA. Estamos recibiendo sus imágenes junto con el informe. Repito, aquí La BOCA. Esto es espeluznante. Increíble. Del todo ***intrafante.*** *¡Cómo nos han engañado! Gracias por la transmisión. Buen trabajo. ¿Con quién tengo el placer de hablar? ¿Es usted un delfín? Identifíquese, por favor.*

Marciano se quedó mirando la boca abierta de Cosmochucho, que olía a chuchería rancia, como si llevara alguna pegada en algún agujero de una muela.

—Tienes que lavarte los dientes.

¿Qué dice? No le recibo bien. Debe de haber interferencias.

—Nada, nada —rectificó Marciano García al ver que estaba hablando con alguien de La BOCA—. Digo que me llamo Marciano García y que, bueno, aquí hay toda una ciudad entera convertida en masa de croqueta espacial de ésa..., vaya, como ustedes lo llamen.

*Lo llamamos **rayo deconstructor y reubicador de masa vital.***

—Eso mismo —contestó Marciano.

*No se preocupe. Mandaremos a un grupo de especialistas que se encargarán de que todo vuelva a la normalidad. Muy buen informe. Tiene usted un gran nivel de transcripción **telepático-redaccional.***

¿Informe? ¿Gran nivel? ¿Transcripción telepático-redaccional? ¿De qué estaba hablando? ¿Y por qué le hablaba de usted? ¡Qué raro sonaba! Marciano contestó sinceramente...

—Gracias.

Tampoco era cuestión de rechazar un cumplido.

Un placer. ¿He entendido que usted se llama Marciano García? ¿El humano Marciano García? ¿El famoso Marciano García? ¿El mejor jugador del escondite de toda la galaxia?

—Eeeeh..., sí.

Jo... Es usted muy bueno. Increíble, de verdad. También ha conseguido encontrar este almacén clandestino. Debería ser un delfín, de lo listo que es. Me parece increíble lo que estoy leyendo en este informe. ¿Cómo lo ha sabido? Era difícil descubrir que Don Agujero Negro estaba haciendo unas obras debajo de su casa, que había hipnotizado a todo el vecindario, incluidos sus propios padres, y que ése era el almacén clandestino. ¿Cómo lo ha hecho? Díganoslo, por favor, porque es BURIBINTIAMENTE genial. Don Agujero Negro usó la tecnología telepática más sofisticada y avanzada para que nadie pudiera darse cuenta de que estaban hipnotizados. Se cuidó mucho de que ellos probaran las hamburguesas cebadoras. Si no, no hubieran podido trabajar en las obras del subterráneo... ¡Pero a usted no le engañaron! ¡Marciano García detectó lo indetectable! ¡Buribintiamente genial!

—Bueno..., yo..., es que...

Marciano no sabía qué decir.

Lo entiendo, lo entiendo. Un mago no cuenta sus trucos. Es totalmente lícito. Je, je, je... Espero que algún día escriba un libro de todo esto y cuente a la galaxia los secretos de sus éxitos. En fin, saludos y enhorabuena una vez más. Créame, pronto toda la galaxia hablará de esta nueva hazaña suya.

—De nada —contestó Marciano no muy convencido de merecer él solo esas felicitaciones.

Y entonces sonó una voz metálica que dijo:

FIN DE LA TRANSMISIÓN
TRADUCIDA TELEPÁTICAMENTE VÍA COSMOCHUCHO

Y así fue cómo por muy poquito, por dos minutos cortos, la humanidad se salvó de **SER DEVORADA** por todas las razas alienígenas de la galaxia. Y así fue cómo todo volvió a la normalidad.

Y Marciano pensó que las aventuras espaciales se habían acabado.

¡Qué equivocado estaba!

Y es que Marciano García estaba a punto de enfrentarse a un nuevo caso que amenazaría, una vez más, la tranquilidad espacial del planeta Tierra y de todos los bichos que la habitan. Un caso que haría que toda la galaxia estuviera mirándole. Pendiente de él. El caso de...

¡LA INVASIÓN DE LOS COSMOCHUCHOS!

Pero eso será en el tercer libro. Y es que a éste, ya sabes, le quedan pocas palabras, concretamente **3, 2, 1...**

¡FIN!

MARCIANO GARCÍA & COSMOCHUCHO